老姚驾到

陈蔚文 / 著
杨晓升 / 主编

江苏凤凰文艺出版社

图书在版编目（CIP）数据

老姚驾到 / 陈蔚文著. -- 南京：江苏凤凰文艺出版社，2025.6. --（她决心不再等待春天 / 杨晓升主编）. -- ISBN 978-7-5594-3695-5

Ⅰ. I247.5

中国国家版本馆CIP数据核字第2025SP6300号

老姚驾到

陈蔚文 著　杨晓升 主编

责任编辑	项雷达
图书监制	古三月
选题策划	孙文霞　王　婷
版式设计	姜　楠
封面设计	刘孟云
责任印制	杨　丹
出版发行	江苏凤凰文艺出版社
	南京市中央路165号，邮编：210009
网　　址	http://www.jswenyi.com
印　　刷	三河市宏图印务有限公司
开　　本	880毫米×1230毫米　1/64
印　　张	1.75
字　　数	33千字
版　　次	2025年6月第1版
印　　次	2025年6月第1次印刷
书　　号	ISBN 978-7-5594-3695-5
定　　价	119.80元（全五册）

江苏凤凰文艺版图书凡印刷、装订错误，可向出版社调换，联系电话025-83280257

目录

老姚驾到／陈蔚文

老姚驾到

陈蔚文

一

瞿燕离婚的第四天,母亲老姚来了,带着行李,她和儿子说,我要去陪你姐,这是你姐最难的时候!她收拾了衣物,从城东坐了十三站公交到城北,叩开了瞿燕的门。

对瞿燕来说,这其实是比离婚好不了多少的画面,当然她不能说,她说了就是良心给狗吃了,六十八岁的老姚容易吗?带着一身毛病,想来陪伴她照顾她,她能不领情吗?况且,瞿燕不是不知母亲和弟媳关系紧张。前几年父亲过世后,老姚提出住儿子瞿东那。瞿东两口子双职工，孩子小，对母亲来没反对。但住了一阵，问题出了一堆，老姚的生活习惯和儿媳搞不来。瞿东不止一次和瞿燕抱怨过，说自己夹在中间难做。

瞿燕能怎样？她那会儿和苏平还没离，不过已显示出日后要离的端倪。苏平仕途一直不得志，为了证明他对仕途没什么兴趣，他成了个爱玩的人，呼朋唤友没个闲。瞿燕认识他时，他不是这性格，大概后来从假装爱玩变成了真爱玩，有次瞿燕听到一首民谣《董小姐》，里面有句歌词，"爱上一匹野马／可我的家里没有草原／这让我感到绝望"，瞿燕觉得这就是说自己。女儿朵朵上小学六年级了，他几乎没怎么管过。作为弥补,他总是背着瞿燕给朵朵零花钱,答应她各种要求,包括买智能手机。瞿燕很生气:"你不管可以,但不能干扰我管她!"瞿燕觉得正是苏平的纵容使女儿添了爱攀比、不好好学习的毛病。

这种状况下,她怎么回应弟弟的抱怨呢?老姚原本反对她找苏平,婚后也没少数落:"瞧瞧人家女婿,本事比他大,脾气比他好。"老姚列举出谁谁谁对丈母娘比对亲妈还周全。

对她的离婚,老姚没明确表过态,但在她离婚前夕,老姚常举些例子证明离婚没什么大不了。她说潘阿姨的女儿离婚后找了个在银行工作的老公,对她很好。她说旧邻老王的女儿也离了,别人介绍了个台湾人,两人现在蛮好,连老王也沾光去了趟高山青涧水蓝的阿里山。还有次老姚说,碰见一块曾在赣南下放的朋友,没想到她女儿也离了。老姚口气简直是遗憾瞿燕没赶趟头,竟然还没离一样。

瞿燕说不清她最后下定决心离,与这些"也离了"有没有关系。在老姚口气中,"也离了"就像必定通往"也蛮好"。

或许连瞿燕自己也不肯承认:那些"也离了",多多少少滋长了她一点决心。

二

朵朵的房间给了老姚，朵朵和瞿燕睡。那间房，很快被老姚陆续运来的行李占满，床头柜码起一堆药瓶药盒。这景象让瞿燕感到一股莫名沉重，老姚这是要安营扎寨吗？老实说，她没想过和老姚的晚年生活捆绑一处，即使是父亲过世后，她也没想过。她对老姚，对自己与老姚的相处全无信心。自从二十六岁结婚后她没再和老姚在一个屋子生活过，隔了十三年，重新住一块，瞿燕并不乐观。之前，她想当然地以为老姚会一直跟着瞿东过。老姚不喜欢苏平，苏平也不喜欢老姚，他们相互也不隐瞒这点。

老姚驾到

苏平走了,老姚来了。

瞿燕对自己说,老姚的到来多少能帮衬一些。朵朵中午在校包餐,下午放学后,若等她下班再做饭,往往要六点半后了。万一加个班什么的,朵朵也没人陪。

瞿燕欢迎了老姚的到来,下班后她去菜场买了三只蟹,十八块钱一只,老姚边埋怨不合算边把蟹细剥着吃了。"以前螃蟹价钱贱得很,八毛钱一斤,我有个亲戚家在湖边,年年领我们去捉蟹。"

"怎么捉?"朵朵问。

"喏,一条粗草绳浸湿,盘成圈,底下放些干稻草烧着,上面再用湿稻草盖上,这股烟熏味螃蟹最欢喜,把熏过的草绳放在河底,螃蟹就沿着绳子往岸边爬了。"老姚说。

比起前几天瞿燕和朵朵的两人晚餐,这顿饭热闹多了,一扫屋内空落,似乎从来就是这样,老姚只是燕归巢,顶多有个男人中途误入又出去了。

看得出,老姚是欣慰的,她觉得女儿需要她,就像当初儿子需要她一样。对一个母亲,总能在儿女需要时出现,还有比这更骄傲的吗?

老姚来的头几日,对家事表现了较高热情,甚至在瞿燕生日那晚还包了顿韭菜饺子。饺子出锅的腾腾热气里,这个家有种"重整河山待后生"的劲儿。不过热情没持续多久,老姚本不擅家务,瞿燕父亲在世时,一般是老姚动嘴他动手。老姚不讲究,比不讲究还糟糕的是,老姚认为自己讲究。她的讲究方式是洗洗抹抹,之后造成更多要收拾的地方——抹布胡乱搭在洗衣机上,洗菜水、漂衣服的水全用盆桶接着,留着冲厕所拖地,房间比不打扫更乱。

瞿燕说了几次,老姚说,这不是提倡节能吗!老姚这辈子,对响应号召总是积极的。当年大下放运动开始时,老姚不等居委会上门动员,主动报名去了赣南偏远农村,下放三年才回城。八十年代初实行

"计划生育"政策,为响应号召,老姚怀孕两个月去做了流产。现在,在节能号召下,老姚理直气壮地厉行节约,淘米水留着洗菜,煮饺子的水用来下面,废纸在门外码了一堆。

"影响不好,妈,那些废纸你送门卫老张吧,也是个人情。"
"有啥影响不好?不偷不抢!我干吗要送老张。"

第二天,门口多了个纸箱搁那些旧废纸,瞿燕知道,这就算是老姚的妥协了。

瞿燕住的是机关老宿舍,当时单位有另处房可选,面积比这里大点,地段偏远些。瞿燕想着便于朵朵活动，还是挑了这套，挨近一片社区绿地。那片绿地，已成自发的老年活动中心，每天几十号老人从大早起晨练，打考勤般准时，打拳的、拍树的、舞扇的、闲聊的、带孩子的、择菜的、遛狗的……

瞿燕怕老姚闷，劝她没事去绿地转转。老姚起先不肯，矜持地表示就在家看看电视，外头人多，空气不好。没多久，老姚去绿地次数多了，找到组织般，很快和一帮老人打成一片。老姚原本这痛那难受，血压高、关节炎、慢性哮喘，还有间歇性皮疹、肾结石，百病缠身的她自打去绿地活动后，眼见着抖擞了起来。

瞿东买的房是化工研究所的二手房，院小，住户少。现在，老姚好比鸟入林鱼在水，她每日在餐桌上传达的消息使瞿燕连晚报都不用打开了。就像春晚那个油嘴滑舌的歌手唱的，"天是那么豁亮／地是那么广……就这个 feel 倍儿爽"——每日去绿地报到的老姚还真是倍儿爽。

瞿燕的生活比之前轻快些，至少不用赶早给朵朵做早饭了，老姚起得早，早餐虽简单，好歹朵朵能吃口热乎的去上学。瞿燕下班回来，晚饭也做好了。有时傍晚瞿燕推门见餐桌上的饭菜，有点儿恍惚。自打结婚，做饭都是她的事，难得吃现成。端起碗又有点心酸，似乎这现成饭是离婚换来的。

晚上老姚雷打不动地看电视剧,她次日要和老姐妹们交流,一集不落。瞿燕管朵朵学习,这也是瞿燕最烦的时候,朵朵对学习不上心。

"教育心理学发现,离异家庭的女孩会更易堕落。这是因为女孩对家庭幸福感的要求较男孩更高,当她感觉不到家庭完整带来的温馨时,可能会下意识向外界索取,易孤僻、早恋等等。"报上的这段话看得瞿燕心惊肉跳,既内疚又惶恐。

怎么弥补温馨呢?瞿燕把房间窗帘换成小碎花的,买了浅绿色床上用品,在书桌上摆了植物,放眼望去,房间温馨了。当然,瞿燕知道这只是表象,内在的温馨还得靠她。她尽量不把各种压力表现在脸上，她耐着性子督促朵朵写作业，给她热牛奶、备点心，但到最后，温馨总被她的忍无可忍抵消、打碎。朵朵磨蹭不说，根本是拧着来。人家快小升初的孩子做各种习题，瞿燕也买了堆复习册，但朵朵总磨到要上床了才勉强对付完学校作业。瞿燕那个急啊！每次时钟快指向十点，朵朵还在那儿磨，瞿燕就像枚憋着的炸弹，她在心里死劲忍，不能爆！不能爆！！自己是单身母亲，要耐心，不能再给朵朵不良影响，结果轰一声，炸弹在她心里炸开了，她沮丧焦躁绝望，还得忍，忍到朵朵上床，她才从胸腔底部呼出口气，不敢呼太猛，慢慢地，一点点地松开，哧哧拉拉的，把郁积了一晚的硝烟排掉。明天，又是一天,一天的后面还是一天。明日复明日,明日何其多。

每一天,都精疲力竭。

| 老姚驾到 |

和老姚的摩擦也多起来。老姚把剩菜塞进冰箱不覆保鲜膜,老姚把瞿燕的离异四处传播并托人物色,老姚洗菜又把水池堵了,老姚不刷锅,老姚图打折在小超市买堆没用玩意,老姚又忘冲厕所,老姚连瞿燕穿什么都管,她买的衣服没一件得老姚认可……

老天是派老姚用这种方式来缓解她离异之痛的吗?

跨过不在一起生活的十三年,又穿越回瞿燕婚前的那些年月,那些遥远得像上辈子却又随时历历在目的岁月。她和老姚的一路纷争,从童年,到高考填志愿,换工作,找丈夫——她和老姚的意见极少统一过,用老姚的话说是"上辈子埋靠了坟"。每次看到电视广告里母女温情的画面,瞿燕觉得那简直是一幕中产阶级童话。

她的结婚使这些纷争看似结束了,但并不是没了矛盾,是分居各处使矛盾有了避让、转圜的余地。现在,她们又住到了一起,像空气又回到柴炉中,余烬复燃。

好在有绿地,瞿燕从没像现在这样意识到绿地的宝贵,它替多少儿女消化了老人的晚年啊。老姚按时去绿地"上班",

对绿地的业态比开发商都熟,尤其是保健店,老姚成了常客,不消费,只体验。最近老姚去的多是一家保健水店,销售"活性水生成器",据说用高级技术可将自来水制成"长寿水",有病治病,无病延年。不同机子分别能生成富氧水、离子水、频谱水还有纳米水等等,店内免费接水,老姚备了两个2.5升的大可乐瓶,每日接两大瓶水回。有时接水的顾客多,得排队,老姚回得就晚,三菜一汤减为两菜,有时干脆下个面条。朵朵抱怨吃不进去,要吃红烧肉。

"吃多了荤好?跟你爸那样,没肉下不了筷,不是我说,早晚身体要出问题!"老姚说。

就算苏平和瞿燕分道扬镳,她还是不愿听老姚这些数落。

"孩子长身体,吃荤些有啥不行。"
"鱼生火,肉生痰,青菜豆腐保平安。现在动物全打了激素,杀之前还排好多毒素。"

瞿燕知道讲保健知识肯定是老姚完胜,总之,她请老姚别去打水了,这些保健水没准不如自来水干净。

"你们不喝我喝!"老姚气鼓鼓地说。

老姚照旧去排队,拎两大瓶水回。

"光接水不买制水机,人家没意见?"

瞿燕问。

"有啥意见，如今做生意讲求人气，我们给他攒人气去了，免费体验的店子多呢！"老姚说。

的确，绿地旁开了一溜保健店，老姚体验不过来。除了接"养生水"，老姚和同院的温大妈还赶早上七点半的一个讲座，听完讲座每人会发一个鸡蛋、一袋豆浆。讲座完，老姚去另一个店，领免费的风湿关节炎药油，一小盒，老姚擦了几次，说皮肤火烧般烫，那可不就是起效果了吗？老姚后悔知道晚了，她听说时，药油都免费发放一个月了，等于少领三十盒，老姚决心一天都不错过了。

老姚说起有些老人在吃二代人参鸡，强身健体。何为人参鸡？就是吃人参喂大的鸡，二代人参鸡呢，就是第一代人参鸡下的蛋孵出的小鸡，称为二代人参鸡，药用价值更强大。当然，价格也不便宜，一只鸡上千块，一个蛋一百块，老姚终究没舍得。

但免费的普通鸡蛋，老姚可不能错过。她按时去听讲座，在那里坐上一个半钟头。领了豆浆和鸡蛋，又去赶下个点打卡。一上午老姚没个停，饭更做得云里雾里，瞿燕有几回发现菜都没择净。还有一次，她中午十二点多到家，锅里又是剩菜煮面，瞿燕有点窝火，煮了速冻饺子。老姚见她脸色不好，也把脸放下来了，意思是，我吃得你吃不得？

周末，原本老姚会去儿子瞿东那儿，现在也去得少，怕耽误"免费"，瞿燕倒希望老姚去。她想透口气，带朵朵出去吃个饭，看个电影，她不是不想带老姚，是老姚非但不去还反对。"都进地沟油了，还敢上外头吃？"老姚的讯息与时俱进。老姚还说："绿生源的马老师讲了，病从口入，现在为啥那么多人得癌，多半是吃出来的！"

"绿生源"就是售制水机的那家店。

看电影更不必说，几十块一张票够买几斤肉了，人多的地方空气也差，尤其不通风的电影院,小年轻那是要上那里搂搂抱抱,咱们去电影院那是找堵啊。

老姚房里到处是保健品宣传单、广告扇子、购物袋,还有药房送的折叠小凳——老姚要坐着擦药油,报纸卷的棒——老姚用来敲背,空可乐瓶——装了白醋,防治骨刺,还有一摞快递盒里的泡沫垫——老姚说比枕头好使,垫在颈椎下合适。

瞿燕轻易不进老姚房间,一股混杂味儿。

伙食指望老姚看来是不行了,瞿燕常买些卤菜,她知道老姚以前最反对卤菜,又贵又不健康。瞿燕这是用卤菜对老姚玩忽职守表示无声抗议。不过老姚的反应却没她想象的大,老姚还建议她买菜场顶头的那家,温大妈她们说那家的酱肘子好,烂乎,入味。瞿燕买了,老姚说:"你怎么不吃?"瞿燕说:"我嫌油,你不说我胖吗,哪能吃。"

"减不减都这样了,也不是个个男人都像那没良心的,该吃吃。"老姚说。瞿燕起身去厨房,老姚的安慰总让人噎得慌。

还有次,电视剧里女主角被闺密念叨:"你结婚后流的汗和泪,都是当年找老公时脑子进的水!"老姚马上当着朵朵面说瞿燕:"听听!你可不也是!"

瞿燕就烦老姚这辈子扮先知,"我早说了吧",这是老姚口头禅,尽管在和苏平的事上,老姚的确开头就反对。瞿燕认为那是种不具有针对性的反对,她找谁老姚大概都反对,都有反对的理由。老姚说苏平长相不好,眉压眼,运气会受滞,又说苏平看人老爱眨眼,不牢靠。瞿燕那时的潜意识里,老姚反对的不是苏平,是她的眼光,也是她本身,老姚就差说出"好找好,赖找赖,蒲包找破麻袋"。谁成了老姚女婿,老姚都有得说叨,就像谁成了老姚的亲人,就得承受她的指摘。

好容易熬到能自主的年纪,恋爱作为第一桩反叛,她再不要听老姚说什么了。

四

"绿生源"关门,免费接水的人气终究没把店子撑起。接水的多,买机子的少。店子快撤走时,说亏本搞活动,有好几位老人买。店员说了,他们自己都买了,如今自来水全都被污染了,喝自来水相当于服毒,吃什么保健品都不如喝口放心水。

老姚也动心,末了还是没买。

瞿燕充分肯定了老姚清醒的消费意识,不愧在国营单位搞了几十年后勤工作。

制水机店关了,老姚改去一家视力理

疗仪店,老姚的视力这一年来蒙了不少,医生说是白内障初期,开了些眼药水,让定期复查,若加深了可做超声波乳化手术。老姚一听手术犯怵,成天上这家店贴"眼翳消"。瞿燕有次回来没带钥匙,上绿地找老姚,只见蒙着试用眼贴的老人沿花坛坐了一圈,场面庄严而滑稽,瞿燕看了一会儿才认出最旁那个是老姚。

　　自己有一天会不会坐在这一群人中间,晒太阳闲聊打发晚年?换个残忍点的说法——坐吃等死?那时朵朵该成家了吧,自己那时有了伴还是独着?前几天单位开会,她听见后排两位女同事在小声议论:"我姑托我几回了,唉,这年纪离就难找了,不比男人,只要条件过得去,六十岁找个三十岁的也没问题……"瞿燕心里一怔,知道她们议论的都是常识,她们即使不说,瞿燕早已听见。在和苏平办离婚手续时,她就听见了。

可别无选择。

日子看似正常,甚至比和苏平离之前还正常地过着。老姚的到来像抢救了她,只有瞿燕知道,这抢救治标不治本,她连大声号哭一场的权利都被剥夺了。她下班后,老姚基本在家,她若情绪不好,老姚说:"那么多人都离了,有什么呀。离了张屠户,咱吃不了连毛猪!"

瞿燕内心的地震谁知道呢?离婚头一

个月,有晚朵朵做语文课外卷,有道题用"丧失"造句,她跟朵朵解释:"就是原有的东西现在没有了,比如一个人丧失了听力。"

话音未落,朵朵说:"我们家里丧失了爸爸。"

朵朵的小圆脸看不出什么表情,像只是完成了个陈述句。瞿燕的心被猛地刺一下,疼得哆嗦。她强作平静地陪完朵朵功课,关上洗手间的门,哭肿了眼睛。

就是原来有的东西如今没有了。这个家里丧失了爸爸,她丧失了丈夫。

老姚以为自己能填补这丧失呢,她不

由分说地来到，使这个家又恢复了三点，物理学上据说最稳定的三点，在瞿燕心里摇摇晃晃的三点。她承认，老姚的到来确实帮了忙，可这些忙也在不停被抵消，被那些鸡零狗碎抓心挠肺的摩擦所抵消。

就说钱，瞿燕参照之前弟弟瞿东给的菜金标准给老姚。照瞿燕看，每月老姚应还有节余，但老姚嘟哝了几次钱不够用。有时朵朵学校临时要买复习卷，老姚垫付后必定和她说，瞿燕还她，老姚也从没拒过。瞿燕心里不舒服。婚前，老姚和她借过几笔钱，炒股亏了，再没还。没还也就罢了，老姚还常念叨起给她的陪嫁，那些毛毯被子餐具之类——老姚亏掉的那些钱不知够买多少这些玩意了！瞿东的婚事，老姚倒真是贴了笔钱。住在瞿东那里时，老姚也为孙子花了不少，怎么替朵朵垫个仨瓜俩枣，老姚就这么记挂呢？

有些事，说出来就没意思了，瞿燕忍着不说。忍也难，忍来忍去，和老姚口角多起来，生活像倒退回瞿燕婚前。瞿燕烦老姚，也烦自己。从镜中，她看到一个在走向下坡的女人的脸。这是一张对男人缺乏吸引力的脸，连她自己也不喜欢的脸。

老姚来了两三个月，转眼入秋，她现在固定去一家磁疗床垫店，这店门脸不起眼，被一棵歪脖子树挡去半边，人气却不错。店牌上印了一行醒目的"航天生物技术"，店里常搞活动，每天去店内体验可盖章,集齐三十个章发一个"玉镯"。老姚喜滋滋地收好了她的"玉镯",说以后传给朵朵——瞿燕怎么看怎么像有机玻璃。

店里周末还搞过一次郊游,把一拨老人载去梅岭的农家乐耍,管中饭。路上顺便普及"航天生物科技",不懂航天?没关系,小伙子讲解,从神一到神七,从杨利伟到翟志刚,给叔叔阿姨们(哪怕八十岁,也这么叫)讲太空环境,老姚也去了,去时特意只带了些零钱。

瞿燕之前还担心老姚被忽悠,看老姚这警惕劲儿,倒是自己多虑。说来,以老姚的警惕,一辈子就没吃过啥亏。

这不，老姚到底吃了顿免费午餐回来。

没想到，这顿饭不是吃完就算。老姚先是不经意念叨起，如今这科技是发达，把磁石装在床垫里，能按摩还能用磁性治病，还带温控。

"你信那个，电热毯还带温控呢。"

"那和电热毯区别可大了，这床垫里面的磁性能通经活络，释放对人体有好处的元素，把人体废物排出去。"

归根结底，这世上还是没有免费午餐。

瞿燕不吭声。以前苏平的弟媳做按摩仪销售，说每天用二十分钟能改善睡眠，还能消斑。弟媳每天化妆，涂粉底，也不知她的斑究竟消了没，瞿燕按她说的"内部价"购了一个，用了阵没啥感觉。再有瞿燕的中学女同学做保健品销售，又是送试用装，又是拉她听课，她买了一套，用了小半也扔那儿了。这两次后，瞿燕基本不信世上有保健品这回事。

瞿燕以为不接话，老姚过了这阵热劲也就过去了，就像那台制水机，末了不还是没买吗？老姚的节俭是在吃苦年月里夯实的。老姚是长女，父亲当年得了矽肺，不到五十去世了。老姚母亲靠打零工和贩菜拉扯大三个孩子，日子可想而知有多紧巴。

因为老姚的省俭，瞿燕和老姚不知怄了多少气。就说老姚这样热衷看电视的人，一台25寸的长虹2588看了十几年，每回看电视要先预热半钟头才能看——图像前半小时都是糊的，有时中途闪起雪花，还得连敲带拍。就是这样，老姚愣不肯换台电视。

这一次，老姚的热情不像瞿燕预计的那样很快过去，每体验一次她就多领略了一分床垫的好，回来就"不经意"说起：是人不要病，医院哪是人待的地方，与其得了病花钱受罪，不如现在保健。

瞿燕有些招架不住这"不经意"了。老姚是来真的吗，连洗菜水都留着冲厕所的老姚真打算买一张几千块的床垫？

五

在免费体验的忙碌中,老姚不忘托人给瞿燕介绍对象,邮政系统的,离异无孩,比瞿燕大八岁,在邮电公寓有套房。不等瞿燕说什么,老姚紧接着说:"买个菜还得货比三家呢,不合适只当去喝个茶,别老窝在家。"

晚上朵朵睡后,瞿燕盯着对面书架发了好久呆,书架最上层那只憨笨的瓷器企鹅是她一次和苏平晚上散步时买的。怀孕时,苏平还笑她像那只企鹅。看着看着,瞿燕泪流了一脸。四下荒芜,即使她的希望、盼头,最亲爱的朵朵睡在身边,也阻止不了这荒芜。

约在茶馆,瞿燕晚到了八分钟。杂志教导迟到十分钟内既表示了女人的矜持,又不至于不礼貌。男人热情招呼她,起身叫服务员添水,她注意到他发福的肚腩,裹在一件墨绿套衫里,还真像只邮筒!当然,瞿燕很快觉得自己没资格笑他,她也不是美女,此刻,她的脚正在高跟鞋里痛着,束腹裤压迫得她小腹难受。

邮政男很善谈,说自己离婚是因为前妻爱逛街打麻将,又问瞿燕离婚的原因。"没什么,性格不合。"瞿燕不想提这些,用了最通俗的理由。出茶馆后,邮政男跨踌满志地说:"我觉得咱俩挺般配。"瞿燕没觉出来,一低头,倒瞥见他右脚开胶的鞋尖。他这人倒有几分天真,她想。

邮政男的手搭过来,作势环紧她:"我希望你能敞开心扉接受我。"瞿燕吓一跳,躲开了。

隔天老姚转达了介绍人的话,说邮政男对她挺认可,愿继续接触。介绍人还说,现在形势很严峻,离异男很抢手,光未婚剩女就有得他们挑了!瞿燕知道介绍人没夸大,还是憋了口气:与其找个没感觉的人过,不如一人自在。

虽然一人也并不自在。有个头痛脑

热,又比如每月最难受的那几天,腹疼腰酸,还得撑着忙里忙外。

老姚让瞿燕也去体验下床垫,说活血通络。"痛则不通,床垫的磁场就能打通经络。"又摸出张宣传单给瞿燕看,"喏,人家著名主持人做代言的。"瞿燕一看,是位著名主持人,狡黠地笑开一脸花,竖个大拇指。

老姚这是精明一世糊涂一时啊!瞿燕看报纸说,老年人精神一孤单就易上当受骗,子女应多陪陪老人。这个陪得人在心在,人在心不在没用。瞿燕有点惭愧,她的确不知如何"陪"老姚,是那种亲密无间的、畅所欲言的陪。她们总是疙疙瘩瘩。瞿燕离婚前最痛苦时也没想要和老姚倾诉下，知道老姚的"劝解"只会令情绪更糟。

送朵朵去课外班，离下课还有段时间，她既不想回，也不想和那群妈妈在教室外的休息区叽里呱啦，只能在附近漫无目的地逛，孑然之感如此强烈。那些店，她胡乱进去看了下衣物，她这身材能穿好看吗？穿给谁看？在这两问前，她啥都不想买了，况且手头也不宽裕，她想换套房。现在住的房有太多和苏平有关的回忆，她想换个地儿，透口气。有亲戚单位在建集资房，亲戚的儿女都在外省，房子指标可转给她。瞿燕去看过，位于新城，环境开阔，几百米外是一条江。瞿燕还想买辆经济型车,朵朵说过几次,想让妈妈学会开车带她自驾游,她好多同学家长周末都开车带他们出去玩。

一切都要钱。一切都比著名主持人代言的磁疗床垫靠谱,可啥都省俭的老姚偏这时和床垫较上劲。每次碰上那主持人的节目,老姚特意把声音开大些,表明这主持人非但著名,还活跃在舞台,他代言的东西错得了?

老姚还"不经意"说起,谁谁谁又买了张床垫,儿女给买的。

瞿燕打了个电话给瞿东,让他劝劝老姚。瞿东以惯来的心不在焉应了,天知打没打,老姚照旧每天上午去店里体验,边跟着店里的VCD屏幕唱红歌:"一送里格红军,介支个下了山……"满屋子唱得跑调漏风,却无损欢乐——瞿燕有次散会早,去找老姚,屋内三个年轻销售员,两女一男,男就是负责接待老姚的销售员小袁,郊县口音,很活络地招呼瞿燕,端凳倒水。"姐,坐会儿。"说着把一杯水递到瞿燕手中。

小袁的热情劲头和他的瘦弱简直不匹配,深蓝西裤挂在细胯上。正因这样,瞿燕意识到和他争夺老姚的过程并不容易。七送里格红军时,她扫了眼屋里,又看了眼小袁,他也看了眼她,既有讨好又有不示弱。

十送里格红军时，瞿燕走了，但小袁的热情一直追到了家里，老姚回来告诉她，小袁说你有气质，一看就有文化。瞿燕笑一下，想笼络她？没门儿！况且，"有气质"通常是对没姿色的替补话，想起小袁那一眼，她越坚定了把老姚争夺过来的决心。

她从网上下载了一摞保健品骗局的资料，包括保健床垫，有个职业打假人起诉过类似床垫，指出"在其销售过程中运用了四大骗术，包括假冒国家高科技工程等"，文中有句话瞿燕特意加粗了字体，"所谓体验式营销就是在卖场向消费者（主要是老年人）提供免费体验，同时安排销售人员对消费者进行洗脑"。

这摞资料瞿燕为便于老姚看,打成了小三号字,放在老姚的床头柜。

资料没显示效力,老姚照样去店里。

"妈,你看那些资料了吗?"
"看了。"老姚说。
"那你还去?"
"资料又没说这牌子是欺诈,市场这么大,啥假冒伪劣没有,人家这牌子是著名主持人代言的!"

瞿燕才知道著名主持人的力量有多大,比她这亲女儿的力量大多了!瞿燕想起小袁的那一眼,那里面包含了志在必得的意思吧。在争夺老姚的过程里,她其实根本没什么优势，老姚何尝重视过她的意见？

瞿燕真希望老姚去瞿东家住一阵或索性回自己那儿住。老姚认为她一直在帮忙，在儿女最需要她时像个老天使般从天而降，带给他们援助、庇护，但瞿燕感到更多的是心烦意乱。

前几天瞿燕一回家发现朵朵正喝一瓶鲜艳可疑的饮料，老姚买油赠的。瞿燕再看那油，还有几个月到期，难怪赠饮料。瞿燕连说都不想说了，知道说也无用。

她已有十几年，确切说是十三年没和老姚在一块生活。这十三年里，她经历了生离，老姚经历了死别，按说她们这对母女有更多共同语言，相互慰藉才是，但却和从前一样总犯冲。那时父亲在，有个缓冲要好些，现在她和老姚之间无遮无挡，瞿燕一再告诫自己要克制，有多大的事呢，可就是难以克制，和老姚的每次摩擦都贯通着旧事翻腾而上。

老姚有时抹眼泪说："你爸还活着就好了。"瞿燕心里哼一声——爸活着还不是个吵，老姚这张嘴碎了一辈子。有一年春节前，父亲用加班费订了两份报刊，老姚和他大吵一架，年夜饭都没吃成。每回父亲老家的叔侄兄弟来，老姚也少不得吵，这些争吵贯穿了瞿燕的成长，如今一和老姚起杠，积攒的怨气便井喷而出，仿佛那是座活火山。

瞿燕曾发誓，日后结了婚绝不像老姚这样面目可憎，但在苏平心里，她也同样面目可憎吧？兴许老姚的基因早植于她体内，苏平有次说："亏你爸和你妈过了这么多年。"他话没说完，意思是瞿燕父亲太不容易了，忍了老姚这些年。苏平还说："你看你，模样身材啥的都像你妈，脾气也像。"在瞿燕心里，没比这更严厉的指责了——她知道苏平有多烦老姚。

瞿燕最怕的就是成为老姚，她千方百计想绕过老姚，可在苏平这里，她居然和老姚如出一辙。难怪，苏平连平平淡淡都平不下去了。

| 老姚驾到 |

和老姚最近一次摩擦是因为老姚又拆了她的快递,是她前阵参加一个会议,会务快递来的资料。她和老姚说过多次,不要拆她的物品。也像她婚前那样,老姚坚持认为秘密是对家庭关系的最大伤害。既然没秘密那就可以拆,否则就是有秘密,秘密意味见不得人,意味对家庭的背叛。老姚这逻辑还表现在电话上,有电话找瞿燕,老姚一定要问对方何许人、何事,像对她负有信息过滤责任。

瞿燕这次态度格外激烈,她把快递来的资料揉成一团,当着老姚面愤怒地扔进了纸篓。老姚回屋把门砰一记关上。这一关,没让瞿燕忍住那两个憋了好久的字:"添乱!"

这晚，瞿燕很久才睡着。凌晨，院里突然响起鞭炮声把她吵醒。早上才知，三楼的张奶奶走了，突发脑出血。前几天瞿燕还碰见她买菜，聊了几句天气。

说来，张奶奶才比老姚大两岁，平日身子还硬朗。瞿燕心里叹声。下楼，张奶奶的亲属在楼道烧纸，盆内火光闪烁，瞿燕晃过一念：对老姚，还是该耐心些的。她留意了下那盆，铝或搪瓷？她辨认着，没得出结论。到楼下她发觉自己刚才似在为今后必将到来的某一时刻搜集经验，她看得如此冷静、仔细！她为自己的冷静与仔细感到可怕。

她在心里为自己开解，谁都有这一

天,"人生就像打电话,不是你先挂就是我先挂"。父亲走时,全是老姚张罗后事礼数,哪天轮到老姚,能指望谁呢?弟弟瞿东靠不上,只能是她瞿燕。她不愿往下想了。

这天下班回家,楼道已黑,三楼靠窗的白墙被熏成一片灰黑,装纸灰的盆子搁在墙角,瞿燕想伸出脚尖碰下,又缩回了。三楼房门开着,一屋人,香烛味弥漫,瞿燕往屋里瞟了一眼,冲门悬挂的张奶奶遗像正注视着她,瞿燕吓一跳,逃一般上楼。

老姚说去厨房给她煮面,问把那点肉汤放进去行不行,瞿燕"嗯"一声说

"行。"

那点肉汤在冰箱搁了两三天,她早让老姚倒掉,老姚不肯。

老姚手忙脚乱地把面煮好,堆尖一碗。"味道行吧?"

"可以。"瞿燕说。肉汤味已不正,并且咸。雨抽在玻璃上脆硬,面好不好吃不要紧,要紧的是这点热气。胡椒没撒匀,瞿燕吃到一口呛咳了。老姚在她边上看她吃,无话。瞿燕想到刚才张奶奶那幅遗像,心里抽搐下。如果哪天老姚也成了那幅像……她想起,好多年没给老姚正经拍过照了。

"张奶奶明天出殡吧。"瞿燕找了句话。

"嗯，上辈子修来的福，说走就走，谁也不拖累。"老姚答。

瞿燕夜晚在床上想了好一会儿，深吸口气，要么，给老姚把床垫买了吧。

次日她找出小袁的名片，打了个电话问价，小袁说最便宜的老款五千，升级版的八千，还有上万的。瞿燕吸进的这口气又吐了出来，真有点下不了手啊。

晚上给朵朵在网上买文具，瞿燕闪过一念，网上啥没有，不如网购啊，她搜了搜磁疗保健床垫，果然出来一堆，价格比店里便宜多了，功能描述眼花缭乱，看上去和老姚体验的差不多。她买了张带温控的锗石床垫。

五天后到货，瞿燕趁老姚不在家时给铺上了。老姚回来，瞿燕边轻描淡写地让她去看看床上，边等老姚发出一声惊喜。

半晌没声，瞿燕过去一看，老姚脸阴着，瞿燕心一沉。"不是你天天嚷着这保健床垫治百病吗？"瞿燕把说明书打开，"你瞧瞧，功能和你体验的一样。"

"不一样！"老姚掷地有声。
"怎么不一样？"
"牌子不一样，就算牌子一样还有假冒的呢，小袁说不久前有个顾客图便宜，买了张假的。"

"图便宜"这三字把瞿燕狠刺了下。老姚说得对，她是图便宜，她是舍不得掏这么些钱买一张她明知忽悠人的床垫，她宁肯把那些钱用在朵朵身上。

"你嫌假冒别睡，扔了。"瞿燕说，她累极了，她不想哄着老姚了。

老姚拒收的床垫，瞿燕铺在了自个儿床上，那排石头有点硌得慌，加了床褥子铺上才好些。

六

瞿燕的一位女同窗和人合办了一家征婚网站,听说她离异后替她免费注册了信息。瞿燕本不想登录,但那天在群里,有人出谜语,说"剩女的恐惧"打一成语,末了公布答案:死而无"汉"!群里笑作一团,瞿燕知道只是个笑话,没人针对她,但她,针对了自己。

注册后不久 QQ 收到一堆信息,聊下来,她对一位叫"木石"的同城人竟有了点感觉。通常朵朵睡后,十点左右,他们聊一会儿,聊的时间越来越长,他说自己短婚，发了相片来，挺顺眼。瞿燕也发了自己生活照，木石说，是我喜欢的类型，配了个微笑表情。瞿燕隔着电脑也一下面红耳热了，他答得多好！"我喜欢的类型"忽略了她的具体五官、体形，把整个的她包罗了进去。

他说自己来江苏经商两年，接手了朋友的一家小玉器店，现在考虑把生意转回家乡。还是家乡好啊，吃得对路，人也亲切，他想回家乡踏实过日子。

接连七八天，他们每晚都聊，聊得瞿燕心里升起了点希望。每天朵朵睡后，赶紧开电脑，查看跳动的头像，看对话框。那个熟悉头像一闪，这天的意义就有了着落，可接连有几天，瞿燕守到快十二点，木石都没上线，她心里充满说不出的空落。

第四天晚上，下雨，头像仍未闪动，瞿燕发了会儿呆，没想到这希望如此脆薄，就要消散了吗，却发现右下角有QQ邮件提示。

木石发来的，说在一个小地方出差，聊天不便，写封信吧。

纷杂的事，烦躁的心，客居他乡，深感身在异乡为异客的漂泊，更渴望有个属于我的温暖港湾。人到中年，依然有种追求，对事业，对爱情，尽管失败过，受伤过，仍不想变得圆滑与世故！很高兴遇到你,虽没见面,感觉投缘,但愿能相识相知,收获彼此的真心!

我目前已在着手处理生意上的事,希望两三个月内能办妥,回到故乡,和有缘人相聚。经历这么多,更明白钱财不过镜中花、水中月,唯有真情可贵……

这封信的发出时间是昨晚凌晨一点,瞿燕几乎一宿没睡,生活似乎向行走在荒漠中的她重新递来了绿枝。

她暗自下了减肥决心,五斤,她打算在木石回来前至少减掉五斤!

她惊奇地发现,原以为心死了,枯

了，心却比她想象得更有韧性，即使是枯木，也还能再发出芽。她承认，是想开始一种别的生活了，有个人替她分担，有个人可以深夜说说话，有个人能把她和老姚隔到一个合适距离，有个人替她担着些朵朵。有个人，眼睛里有她，心里头有她。

这个人，似乎是现出那么点影迹了。

周末，老姚把儿子瞿东叫来吃饭，饭桌上，老姚宣布想买床垫的事，瞿燕和弟弟对视一眼，没作声。

"别人家，都是儿女给老人买这买那，我也没要你们买过啥，这床垫，你们一人拿上一半钱。"

"多少?"瞿东问。

"我想买一张八千的,升级版。五千的是老版,功能不如升级版。"老姚说。

瞿燕没吭声,吭不出,一口气堵在喉口。老姚还要买升级版?八千块,她真下得了手,就算她和瞿东摊,一人也得四千,她昨天在网上看中一件三百多的风衣都没舍得买。

"妈,你知道我手头……"瞿东列了一堆理由。

瞿燕更直接:"妈,你要为治病用,我四万也拿上,可这床垫根本是……"话没完,老姚让她住嘴:"咒我病是吧,我就是不想病，病了怕给你们添麻烦，病了怕招人嫌才买！等病了就来不及了，四十万怕也救不了，我还想多活两年呢！"

不欢而散。

唯一的安慰是晚上和木石聊聊，等那个闪动的头像把这疲惫一天照亮一会儿。和木石聊得越多，对他依赖越深。木石说已找到愿接店的人，正在谈，顺利的话，不久后就可回来，到时请她吃饭。

这些消息让瞿燕感到隐约振奋，她也提醒自己，网恋哪有多少成的呢，也就打发下无聊，但忍不住地，她还是怀了些希望。

她尽量装作平淡，白天从不联系他。微信上的文章教过，离婚不可怕，关键是要有个好心态。离异女人想脱单，一定要战略上重视，战术上藐视，别让对方觉得自己猴急。

这期间她也见过几个网友，无一合意。有一个谈吐还行，劝她看老庄，说"忘乎物，忘乎天，其名为忘己。忘己之人，是之谓之入于天"，人生看开就这么回事，不必太拘于形式。到后来，瞿燕发现他只是想找个情人，老庄原来在这儿等着。他说请她吃饭，火锅怎么样？瞿燕喜欢火锅，但拿自己换份火锅还是不甘。

另一个网友，送她回去的路上就不安

分，毛手毛脚。瞿燕心里冷笑，这种雄性，大概把离婚女人当免费妓女吧，愈觉木石稳重，从未有轻浮之语，没问过她三围。他的ID取得也好，瞿燕愿相信是出自"木石前盟"，宝黛前世的爱情盟誓。这年代，一个男人用这种ID，令瞿燕已有了几分感动。

又一个雨天，瞿燕晚上主动发了条消息给他："你那里下雨了吗？"未见回复，十几分钟后，却收到一封他的QQ邮件：

店面和货已处理得差不多，还有些质量不错的玉器，想留给亲朋，随便处理了可惜。认识你以来，感觉很是投缘，想为你留一份。既是对你我关系的确定，也算表示我的诚意。

我的卡号××××××……，你汇1314元，我会给你挑选几件上乘玉器（实际价值至少是五六千），作为见面前的薄礼，请将你的详细地址、手机号回复。这几天我事情比较多，大概几天后我会登录邮箱，如若你有心的话不妨请在一周内办妥！过后或许无缘，就不必汇款了。

当然，真心本没有所谓的亏和赢，人海中感谢有你，让我们体验了双方的真诚！如果你有其他想法或对我缺乏信任，也不要有丝毫的勉强。一切随缘。

一记闷棍敲在瞿燕头上。她想过各种

结局，比如性格不合、见光死之类，唯独没想过这种。她又看了一遍信，笑起来。"体验了双方的真诚"，太他妈滑稽了！哈哈哈！还1314元，一生一世，原来这就是木石之盟啊！瞿燕又笑了几声，眼泪都要笑出来了。这个人世啊，就是一幕荒诞剧。她删了他的QQ，承认自己在上当方面并不比老姚高明。

"别找了，买个橡胶的凑合着用吧。"论坛上曾有人说。

她把征婚网上的资料关了。第二天，征婚网的女同学打来电话，问她怎么关闭了信息？瞿燕说算了，没信心。女同学劝，还是征吧，这事就像买六合彩，买了不一定中，但不买一定不中。又说："你和前夫可能复婚吗，现在复婚也挺多的……"

瞿燕苦笑一声，怎么可能！

她看过许多关于离异的帖子，十有七八是前夫有外遇的狗血桥段，那么她还算有可安慰？直到离婚，她也没确认苏平是否有外遇。他手机里有明显删过的短信和微信，却不能成为确凿证据，只算是通常的打情骂俏。

如果说有外遇是杀人见血，对瞿燕，苏平是杀人不见血，比杀人见血更糟。没有案发现场，意味着哪里都是案发现场。

苏平的解释是因为不拿她当外人,所以才"真实"。这"真实"像一把软刀子,在她心里绞过无数遍。他们像两个合租者,夫妻生活少得可怜,相互找了朵朵做理由。他是主动找的,她是被动接受,他们说这孩子耳尖,睡得又惊醒,只有他们自己知道,只是因为他不想。

"你就是看多了韩剧,生活本身就是平平淡淡的,平平淡淡才是真。"他说,像个深沉的思想家,而她是个不切实际的小女孩。

都淡出鸟了,还真什么啊。有多少个夜晚,苏平要么不在家,要么关着小房间的门打游戏,瞿燕觉得自己站着不对,坐着不对，躺着不对，活着不对，死了还是不对。又像在荒郊迷路，拨个求救电话都没可能，因为没信号——怎么和人说呢？又不是苏平出轨了，他只是"平平淡淡才是真"，这淡又如何划分？不咸不淡，黯淡无光，淡而无味，愁云惨淡，淡而置之，他妈的，她想灭掉世上所有"淡"出鸟的词语！

有一阵她得了轻度神经性耳鸣，时不时耳鸣几次，夜里还失眠。有次才睡着一会儿就梦见两人离婚了，在民政局，周围全是抱着鲜花的人，喜气洋洋的笑脸，只有她哭肿了双眼，与那里的气氛格格不入。在等叫号的过程中她一直在哭，她想到刚和苏平结婚时，有一回她加班到晚上快十点，苏平等她回来一起吃晚饭，青菜都热黄了，可他们吃得津津有味。她想到这十几年，想到朵朵，心如刀割！每叫一个号，她就哆嗦一下，苏平说，要不算了，回吧。她边哭边坚持着不动，虽然坚持的力量很微弱，但她坚持着……

　　醒来，眼睛流进了耳朵里，苏平在打呼噜，呼噜声曲折得像变形的汽笛。刚结婚那几年，他不打呼的。突然觉得他如此陌生，她从不曾理解过他，正如他可能从不曾理解过她一样。他们现在隔着的距离是两三厘米，但那两三厘米却是再无法跨越的距离，是白天永远不懂夜的黑的距离。

真正离婚那天,兴许因为在梦里彩排过,她反倒冷静,虽然心里一样碎裂,但她看来这只是为已逝者补办的一场入土仪式。铮铮作响的箭镞穿过,痛,可要站住,绝不能倒下。和苏平分手时,她还说了一句,保重!她匆匆走了,晚一步,她就要溃散。

七

瞿燕没想到新恋情会这样稀里糊涂开始，接到一个高中同学打来的电话，说当年班长患胃癌，发动大家捐款，顺便聚一下。

若只是聚一下，瞿燕不会去，但有捐款的意思就不好不去了。她对班长印象不错，是个圆脸女生，毕业时还送过瞿燕一个自己钩的小钱包。在这次借捐款名义发动的同学聚会上，瞿燕碰见了老车。当年因年龄大点，且长得老相，得了这外号，瞿燕坐他边上，两人多聊了几句，席快散时，老车说了句："我也离了。"

显然，老车知道了她离异的事。这个"也"字令瞿燕一下不知说什么，也使老车有了名正言顺、舍我其谁的意思。

一来二去，老车说自己高中时代对瞿燕就挺有好感，没敢提。"我有回碰见你妈，她和一个鱼贩子在那儿吵架，我心想瞿燕的妈这么厉害啊，更不敢提了。"老车说。瞿燕听过也不当真，回想下，高中时与老车根本没啥交往，两人在班上都属路人，印象中老车爱看推理小说，数学较好。一问，果然这爱好老车现在还保留着。

老车邀她去家里玩，儿子比朵朵大几岁，跟前妻，他一人住，他说自己手艺还凑合，瞿燕那几天正和老姚闹别扭，应了。稀里糊涂就从那天开始的，老车开了瓶红酒，借给瞿燕一本推理小说，东野圭吾的《杀人之门》，老车说推理小说是打发时间的最好方式，这打发中包含了智力活动。说这些话的老车原本粗糙的外形得到些提升，似乎皮相这东西在智力面前真是不值一提。

瞿燕与老车那什么了之后，脑子有些乱，在乱中她估测了老车这套两室的面积，大概七十平米，她和朵朵、老车三人过是够了。

和老车合适吗，瞿燕来不及想，她知道自己和老车有些草率了，这草率多少有些因为前头的几次失利,还有为逃避老姚,逃避离婚的身份。这二者互为关系,和老姚的别扭越多,离婚的伤害后遗症就越发作得厉害,像幻肢痛。她有个男同事前几年出车祸后,说感觉切断的肢体仍在,且一直痛。她才知道有"幻肢痛"。疼痛多在断肢的远端出现,疼痛性质有多种,表现为持续性疼痛,且呈发作性加重。

一起朝夕生活了十年的人消失了,就像断肢,她有时半夜醒来还会习惯性地以为苏平在边上。几秒后,反应过来,他就像切掉的肢,与她已无干了。现在老车填补了这空白,以比苏平壮硕的体量填了个严实。他总是来电话短信,让瞿燕去他那儿。他烟瘾挺大，完事马上来一支，瞿燕有些受不了。老车说，别的好说，烟戒不了。烟和推理小说密不可分，就像雨和伞，饺子和醋。

她从老车那里出来，带着疲惫的满足与失落，等着老姚的询问，她说了几次加班了，但老姚并没问。瞿燕觉得有些不对劲，才发现老姚正操心绿地的事——据说，这块地要配合政府的立交项目，绿地就要消失了。

八

老姚每天像打了鸡血一般，带上凉开水和一些瞿燕和朵朵都不吃的杂牌饼干，急匆匆就出门了。有天下班路过绿地，瞿燕突然看到有人挂出了"群众利益无小事"的条幅，老姚正和一群老头老太太们义愤填膺地在条幅下嚷着要"保护绿地"。

当年八个"样板戏"风行，老姚立马报名学习时代最强音，至今还常哼几句荒腔走板的"我家的表叔数不清"。"保护绿地"重唤起了老姚参与时代的劲头，她和老头老太太们在绿地盘踞着，谈政策的，论当年的，他们和路人谈，和物业谈，最后表示要和政府谈。

一阵子后,老姚食物和水都不从家里带了,说有公益人士免费提供。后来才知,公益人士就是磁疗床垫的老板,每日安排人去做活动,说声援保护绿地,给老人们每人发一瓶矿泉水、一个小面包。老年人劲头更足了,有个以前搞文艺工作的老阿姨把《我和草原有个约定》改成《我和绿地有个约定》,成天教大伙排练。

牵头的是个老头,他们喊他李主任,他半年前从一个局办公室主任的位置退休,正壮志未酬,满腔余热没处发挥呢。李主任号召大家集合起来,质疑小区售房的时候有没有隐瞒立交规划,立交项目是否通过环境影响测评，立交规划是否征集了民意，等等。

李主任表现出谈判的专业性一下取得了大伙的拥护。包括老姚，对李主任佩服得很。

家里伙食更潦草了，配合上老姚"吃素好"的理论——甚至上升到了"要维护国际和平，让全人类和谐相处，人类就应该戒肉。因为素食者的思维方式跟植物一样是垂直的，能接通天地，与宇宙合一，不分你我，就如两棵树并排生长，不会斗争。肉食者则地盘观念重，竞争意识强"。这都什么理论啊，瞿燕憋在心里的那团火越来越旺，若干次她一进门瞧见桌上的残羹剩饭都想掀了桌子。

与此同时,"社会公益人士"的磁疗床垫活动也推进得热火朝天,和老姚一起抗议的温大妈居然豁出去买了一张升级版床垫。瞿燕闻讯,一疼一沉,一疼是因为那白花花的八千块啊,一沉是晓得老姚又多了个可说叨的范本。

温大妈以前是国企职工,厂子黄的时候下岗了,一个儿子远在千里之外,一年至多回来几趟,待三五日又走了。温大妈每年最重要的盛典就是等儿子媳妇回家。正月十五的元宵、端午节的粽子、八月十五的月饼,乃至庙里求的腊八粥,温大妈都备着,在冰箱里给儿子一家留一份

（让人想起祭奠），万一儿子回了呢？

要说除了李主任，老姚还佩服谁的话，那就是温大妈。李主任有组织能力和理论高度，温大妈以其精打细算的能力让老姚自愧弗如。哪里打折，哪里促销，温大妈门儿清。老姚本热衷于此，现在更是念叨，排骨十八块，鸡蛋涨了两毛，小青菜居然要三块二，真是通货膨胀、物价飞涨啊，过去那肉才七毛三一斤，鸡蛋才两分钱一个，看看现在。

瞿燕被念叨得不胜其烦，甚至有一次，她梦到老姚穿着奇怪衣裳在不停敲木鱼，念经，烟雾缭绕中，漫天飞的都是小数点。

"妈啊,别去超市抢特价了,算下来贵不了多少,还一大早地去排队。"

老姚一听就嚷:"这不积少成多嘛,你也没个男人,挣得也不多,今后朵朵花大钱的日子还在后头呢,你就知道穷大方!"

瞿燕心里像被狠扎了下,到底是知根知底的亲妈,哪儿痛往哪儿扎。没男人怎么了?挣钱少怎么了?比起儿子你补贴我多少了?你这是躲儿媳妇还是来给我帮忙的?一腔委屈堵得瞿燕心口发紧,到卫生间,眼泪唰唰地下来了。是啊,老姚说的哪句又不对呢?我是没男人,我是挣几个死工资,物价是涨得厉害,朵朵以后是花钱的地方多着呢,可这些事实从老姚嘴里说出来怎么就那么刺耳呢。

九

距离"保卫绿地"的战斗过去第二十三天,李主任突然不见了,老头老太太们群龙无首,乱了阵形。开始老人们很惊慌,以为李主任近期劳累得病倒了,后来慢慢传开了,说李主任"叛变"了。

据说建设方私下找了李主任,李主任本要据理力争,没想到对方一上来就给他戴高帽子,拿他几十年工龄、党龄肯定了他对国家和社会做出的贡献,也侧面提到了作为一名老党员,要分清大是大非,永远站在政府一边。听到后来,李主任已有些羞愧,他知道人家就差明着和他说"晚节不保"了。

李主任就这样躲起来了。

没了牵头的,老头老太太们慌了神,两周后,绿地改造正式开始。

老姚精气神蔫了不少,除了买菜就是窝在家看电视剧,好在这是看之不竭的。有时瞿燕瞟几眼,问剧情怎么和前几天的接不上?老姚说,这是同个演员演的另一部。

瞿燕说:"妈,出去走走吧,别老窝着。"
"去哪走?"老姚问。

是啊，往哪走呢，绿地施工后到处是噪音灰尘，准备五年竣工。

"去温大妈家玩玩啊，之前您不是挺爱去的吗？"瞿燕觉得老姚也挺可怜。

老姚扯开嗓子："去什么去，她退休工资没我高，还是个工人身份，你妈好歹还是干部身份，可这老了，啥都不如人家。人家想买啥，儿子拿钱，老伴支持。我有啥？不是我说你，你还不赶紧找个男人，今后朵朵一结婚，你指望不上什么……"

瞿燕一听，又扯到床垫了，这床垫简直阴魂不散哪！

更让瞿燕生气的是，以前老姚不是鼓励她离吗，不是告诉她谁谁谁离了前景一片光明吗，怎么如今慌了神让她打折跳楼赶紧抓个男人？

每天最茫然不知所措的时候就是快下班时，别的同事快到点儿时总是很兴奋，打电话，补妆，叮叮当当一片，这声响衬得瞿燕心下更荒。好像除了她，人人都有要奔赴的地方和要扑向的人。

老车有一阵没和瞿燕联系，说出差，说表弟结婚，说老姑查出癌，还有一次，说儿子过生日，他答应了请他和同学去吃肯德基……瞿燕心里大致明白，没什么戏了。急着求欢时，这些事都不是事儿。现在都是事儿，说明什么呢，说明他们以后没什么事儿了。

她的体重又涨了几斤，人没变滋润，肤色倒更黯淡。她想，老姚催她找男人的着急是有依据的。

总算老车约了她，瞿燕特意打扮了下，穿了条束腹裤又脱了，考虑到太紧，怕到时不好操作。

有阵子不见，两人上床前还拘谨了一会儿，有点生分了。瞿燕感觉到老车的热情像隔夜菜般不新鲜。这种细微，瞿燕心里明镜似的。离婚前，苏平有时候各种装累装睡，瞿燕都看在眼里，伤在心里。有时例假前后，瞿燕的体内会涌出一种热浪，身体深处仿佛绽放出无数花朵，每一朵都渴望甘露的滋润，但苏平敷衍都懒得敷衍的态度，令这些花儿瞬间干涸。

最尴尬的是有次苏平同乡送了他们两张温泉景区的券。那个周末，瞿燕特地把朵朵送去瞿东那里。可苏平还是啥作为也没有，回酒店一头倒在床上。隔壁传来那什么动静——那可是一对比他俩年龄还大个十几岁的夫妻。

"肯定不是正牌，来这儿偷情的。要么是二婚。"苏平以洞悉一切的口气说。瞿燕没应，什么也不想说。

照例，老车完事后点了一支烟。"你妈今后跟着你？"他突然问。

瞿燕之前没和他谈论过这些，她胡乱"嗯"了声，感到自己腰腹脂肪向外侧的漫溢。

她其实根本没想好老姚往后跟不跟她，她心里是不希望老姚和她过的。

"她怎么不跟儿子过呢？"
"她为什么不能跟我过呢？"飘散的烟味呛得瞿燕有些呼不上气。
"我没说不能，不过一般不都跟儿子吗？"老车没再说什么，气氛变得有些奇怪。

老车的话像是并不希望老姚跟瞿燕过，可他并不试图说服她，而她也不打算迁就他。

她感到有保护不在场的老姚的义务，对她来说，老姚是亲人，是左手和右手，甭管她们平日处得有多拧巴。老车是外人，甭管他们是否刚上过床。道理就这么简单明了，一点没被老车指间的烟雾所遮蔽。

到家时，老姚唠叨身上各种痛，腰酸，腿疼，牙龈萎缩，咳嗽一声就漏尿……又说最近胸闷。瞿燕卸妆，洗脸，她知道出于起码的孝道礼节，应当对老姚的病痛表示下关心，她刚才不还为了老姚和一个可能的结婚对象不欢而散吗?可她没心情,对老姚例行功课的各种痛,她真的麻木了。

十

瞿东来了一趟,说儿子还有一年中考,想换一套学区房,手头钱不够,想和老姚商量,能不能把那套老房子卖了,给他凑点。当然,今后手头宽时铁定还。老姚没当时表态,等瞿燕回来和瞿燕提了一嘴。瞿燕听出老姚的意思,老房子老姚有点不舍得卖,想让她给瞿东挪动点钱。

瞿燕的肝又疼了起来,老姚不知道她也想换房吗,她差的款问谁张嘴去?亏老姚有这念头,亏瞿东开得了口,老姚的老房子要是卖了,等于是老姚今后就一直跟着她了,就老姚和瞿东媳妇相处的那个劲儿,想在他那里养老是够呛。

瞿燕没理会老姚的敲打,该怎么过就怎么过,耷拉眼皮地过呗,得过且过地过呗,过一天算一天地过呗。已经这样了,还能怎么过?

上下班路上,她的耳机里响着一首歌《陀螺》:

……

在洁白里转
在血红里转
在你已衰老的容颜里转
如果我可以停下来

我想把眼睛睁开
看着你怎么离开
可是我不能停下来
也无法为你喝彩
请你把双手松开

是一个抒情歌手唱的。她想起自己和老姚,这些年停不下地转,头晕脑胀地转,转转转转转转转……

这天的晚饭明显比往常丰盛,瞿燕就觉得老姚肯定有事。果然,饭后老姚说要和她谈谈。

老姚说:"我那个老房子,准备这两天到中介那儿登记下。你弟弟因为房子小一直被他丈母娘家瞧不上眼,再说他们那住处，旁边没个像样中学，你做姐姐的，多担待一点。往后，你要是没找到合适男人，我和你过。只要我做得动，多少能照应些。你若是找着男人，我去养老院，我打听过，我那点退休工资还能对付。"

瞿燕想起老姚拿过一份养老院的广告单回来，"位于郊县，占地十亩，环境优美，建筑面积两千多米，能接纳近千位老人，分自理老人公寓区、老人护理养老区和休闲区等"。瞿燕想起刘德华演的电影《桃姐》，那颤颤巍巍、凄凉的一群人老去……

她没想过有儿有女的老姚要上那儿待着。

"妈，你愿意卖房给儿子买房我不能说啥，但那房子我爸死前也说了，您百年后，房子我和瞿东二一添作五。你不也说过吗，朵朵花钱的日子还在后头呢。瞿东好歹夫妻俩人，我啥都得靠自己，万一没找着男人，还得自个养老。"瞿燕说得很冷静。

老姚的嘴角抽了一下，脸色霎时就阴了："我还没死，你就争起财产来了。你弟弟不过挪动下钱，说了房子都给他吗？我要个床垫你也不舍得给我买，你弟弟有点难处你也不肯帮，你可真是能啊！"

瞿燕心里的那团火又腾起来，这些年和老姚的账从没算清过。"我不舍得给你买床垫,你让儿子给你买啊。这些年,我有难处多还是瞿东有难处多?他有事就知道张嘴,啥时候主动关心过我,帮过我啊!你觉得儿子好,和他住,我没意见,我带朵朵过,天塌不下来……"

瞿燕越说越激动,声调越来越高,这些天,不,这些年的憋屈都堵在喉咙,她恨不得一气全发泄出来。不等她说完,老姚起身,回房,丢下句:"话不投机半句多!"这是老姚的口头禅。

这么多年,她们的谈话总是以此句结束。

瞿燕冲到卧室号啕大哭,顾不得朵朵在桌前做功课。她哭自己的离婚,哭瞿东的自私，哭老姚的偏心，也哭老车的冷落，哭自己人到中年的这一切！

朵朵吓坏了，来递纸巾给瞿燕。瞿燕渐止住了哭，坐在床沿发呆。朵朵比以往乖地做完功课，洗漱好自己上床。

瞿燕坐到很晚，衣服都没脱，和衣睡了。第二天醒来朵朵已上学去了，一看时间八点半，桌上留了早餐，麦片粥、煮鸡蛋、馏馒头片。还有一张字条：

你妈没本事，落儿女埋怨，以后，大家就各顾各，各自保重吧！

妈　即日

瞿燕吓一跳,去老姚房里看,空荡了不少。老姚这是起了个多大的早呢?瞿燕开始发慌,老姚去哪了?身上有没有钱?不会想不开吧?

老姚回了自己的小两居。那套旧房,到处落了厚厚的灰。瞿燕晚上抽空去的。父亲遗像还挂在客厅墙上,香炉内燃了香。瞿燕故意避开了父亲的目光,她有些羞愧。无论如何,老姚是她妈。

似乎一夜间,瞿燕发现老姚老了不少,头发白了许多,嘴也瘪了。瞿燕想劝老姚回自己那儿,想想,过几天吧,到时让朵朵来劝。

次日接到瞿东的电话时，瞿燕正在路上，雨声里，她听见瞿东说，妈摔倒了！

瞿燕赶到医院时，老姚还在急诊室。瞿东看到她，脸和外头天色差不多黑。瞿燕知道他想说什么：妈是去帮你的，你倒好，把她给撵出来了。

瞿燕心里也内疚，那么久都忍了，怎么那天就没忍住呢？再看瞿东那一脸疲惫样，更觉得自己过了。瞿东也是没法子才向妈开的口，背后不定受了媳妇多大气。她谴责他自私，可是，难道她就不自私吗？

老姚髋部骨折，入院做各项检查时，

突然又查出一个让瞿燕心惊肉跳的消息，说是肺部有结节性阴影，要再进一步检查。

听到消息第一秒，瞿燕腿有些发软。她问医生："可能是……那个吗？"医生很淡定："不一定，病人有慢支，最近在发作期，也可能造成阴影。另外炎性病变、陈旧性肺结核病灶都可能出现阴影，肿瘤灶当然也会有，但要进一步检查再定。"

这番解释并不能安慰瞿燕，她心里倾向更坏或说最坏的结果。

走出医院的同时，她心里做了一个决

定。回家在抽屉里翻出以前那个磁疗床垫店小伙子的名片，拨通电话，他居然还在这家店，只是店搬了另一个地方。小袁仍管她叫"姐"，问姚阿姨身体怎么样。瞿燕答，在医院。小袁"啊"的一声，那一声里，是有着急和关心的，瞿燕鼻子几乎一酸。冲这一声"啊"，这床垫也没买亏。

小袁把磁疗床垫拉到瞿燕家，还拎了一袋水果，让她带给姚阿姨。瞿燕客气想推让下，小袁说："这和床垫没关系。"

瞿燕告诉老姚，说她出院就能用上床垫了，老姚却反应不大，仿佛这购买过程漫长得已消耗掉了她对床垫的热情。

医生建议老姚的骨伤稳定些后，转到呼吸科检查，开了肺部增强 CT 单。

一直没和老车联系，有两次同学聚会，一次瞿燕没去，另一次老车没去，据说老车在准备复婚。同学不知她与老车的事，议论说，"还是原装的好，能复最好"。

瞿燕想起家里还有一本借老车的推理小说，大概就算纪念了。

去医院后，她小心翼翼地提到，等老姚出院后，上她那里休养。她打算休半个月公休假。老姚摇摇头，说哪也不去，就上自己那小房子。自在。

暗红的磁疗床垫还搁在老姚住过的那间屋里，包装没打开。

有一晚做噩梦，瞿燕梦到去医院晚了，护士告诉她，老姚死了。她站在病房门口，身子被掏空了那样轻。

她起了个早去医院，单元楼道里有股烙韭菜合子的味儿。她想起刚离婚那阵，老姚兴冲冲地来，想来照顾她和朵朵，她生日那晚还包了韭菜饺子。说实话，那天的饺子真好吃。